Which One
Is Love?

1

TAMAMUSHI OKU

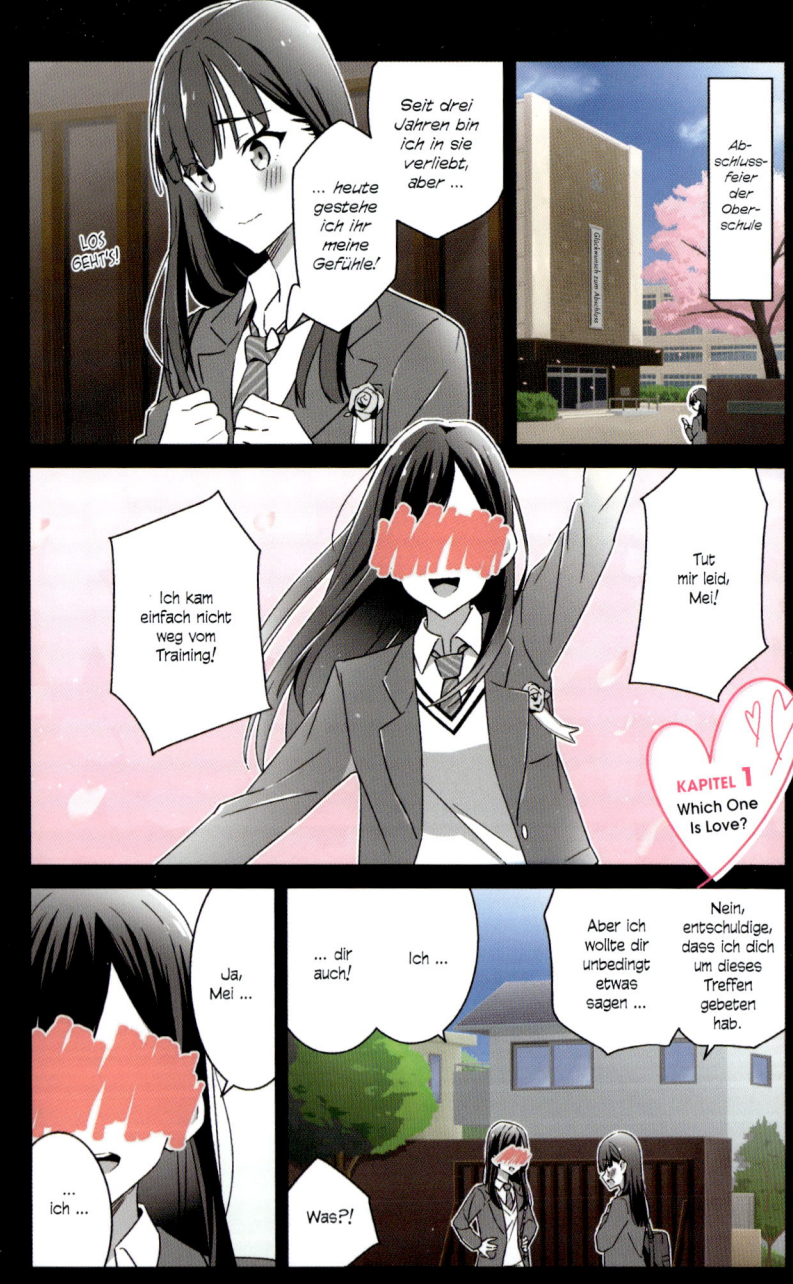

Was ...?!

... hab jetzt einen Freund!

Danke, dass du immer für mich da warst! Ich hab dich so lieb! Wir müssen auch in Zukunft immer ...

...

Mei ...

Ich hab ja gesagt, dass wir zusammenziehen, wenn ich niemals einen Freund finde, aber jetzt bin ich so froh!

Damals schwor ich mir ...

Ich will keine Freunde!

ENT-TÄUSCHTE LIEBE!

... Freundinnen bleiben!

Which one is love?

1

TAMAMUSHI OKU

Inhalt

Which One Is Love?

TAMAMUSHI OKU

Ähm ...

Ich hör ein bisschen Musik ...

Hat sich nicht getraut, jemanden anzusprechen, und sich ganz nach außen gesetzt.

Freund-schaften zu finden ist ja irgendwie auch wichtig ... aber ...

Brüste?

Kann ich mich ...

... neben dich ... setzen?

!!

Yessssss !!

Brüste ...

Vielen Dank!

Ent-schuldi-gung!

Klar! Setz dich!

Aufhören! Starr sie nicht so an! Erst mal Freundschaft schließen!

QUIETSCH

Ver-dammt ... sie ist so hübsch, ich weiß gar nicht, was ich sagen soll ...

...

Oh, versteh ich! Vielleicht kennen sich viele schon aus der Oberschule.

Es hat mich irgendwie eingeschüchtert, dass alle schon befreundet zu sein scheinen ...

Ach so ...

... bist du ja da ...

Aber zum Glück ...

Dann können ja wenigstens wir miteinander reden.

Was?

BLUSH

UH!

... bin ver- liebt.

Mist, ich bin so aufgeregt ...

Ich ...

Ah ...

... dass du mit mir redest!

I-ich war auch allein, es freut mich total ...

BUBB BUBB BUBB BUBB

DODOM

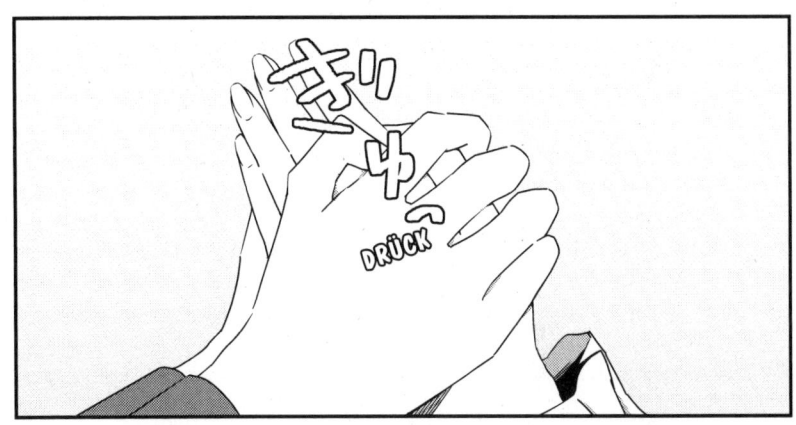

Ich liebe sie!!

Äh, ja! Ich bin Mei Soraike!

BUBB ド ク BUBB

Ich liebe sie ...

Freut mich ...

Ich bin total verliebt! ♡♡

BUBUMM ド ク BUBUMM

Ich bin Riri Shirosawa.

Wollen wir Freundinnen sein?

11

... ich arbeite nebenbei als Idol ...

Äh, ja ... ich ähm ...

Nebenbei als Idol?!

Berufs-krank-heit ...

Ah! Ent-schuldige, ich hab deine Hände zu doll gedrückt!

Mein Herz klopft so laut ...

TUT MIR LEID!

Berufs-krankheit?

BUBB
BUBB
BUBB
BUBB

Ah! Da ist es!

PLING ♪

Und ...

Ich schick dir ein Bild ...

Können wir erst noch Nummern austau-schen?

Äh, warte!

Ist ja krass! Darf ich dich online suchen?

MIT DEINEM NAMEN

OKAY!

Wah! Ich Glückspilz!

...

...!

BIIIIIIIEP

... wollte ich, dass du erst mal ein normales Foto von mir siehst ...

Wenn du mich im Netz suchst, kommen immer die sexy Fotos zuerst, darum ...

Sexy ?!

AH! Oh!

S-sie ist ein-fach ...

... umwer-fend ...

Ich liebe dich!! Bitte heirate mich!!

... Mei?

...

Was meinst du ...

... mega süß aus!

Wirklich?!

Du siehst ...

Das freut mich zu hören!

Wie schön! Ich dachte, du wärst vielleicht abgeschreckt ...

... verliebt ...

... hab mich in sie ...

Ich glaub, ich ...

HIHI

Gruseliger Name ...

achbereich Psycholog

Psychologie, Maria Todomeki ...

Prof.
Maria Todomeki*

*Die Schriftzeichen des Namens bedeuten so viel wie „Hundertäugiger Teufel"

Ja!

Verzeihung!

トン
トン

KLOPF
KLOPF

Wenn ich keinen Termin mit der Dozentin hätte, hätte ich mich noch ein bisschen mit ihr unterhalten können!

Riri ist echt süß ...

16 Uhr

Ah, hier ist es.

Schön, dass du gekommen bist! ♡

ICH HAB DICH ERWARTET! ❤

D...

Die ist ja voll jung ?!?!?!?!

Herein-spaziert!

Bitte!

ガチャ

KLACK

KLIRR

Bitte!

Hä?

Ich nehm deinen Rucksack!

Komm rein!

Was-was-was?!

Ich hoffe, wir werden uns gut verstehen ... ♥

Ich bin Maria, Professorin für Psychologie.

Das ist eine Professorin?!

... Mei Soraike! ♥

Bin ich in einer Bar gelandet?!

Dieses Dekolleté!

Ich hab auch was zum Knabbern!

... und dass sich insbesondere weibliche Professorinnen um die Studentinnen kümmern sollen, aber ...

Wir sollen die Türen offen lassen wegen der Gefahr von sexuellen Übergriffen ...

In letzter Zeit beschwert sich die Uni ständig!

PRUST

... das ist wohl ganz nach deinem Geschmack, oder?

Ertappt!

Eh?! Ich liebe sie ...

STUPS

STUPS

Deine ehrlichen Reaktionen sind echt süß!

Ich würde dich am liebsten mit nach Hause nehmen!

Ich will mit nach Hause genommen werden ...

Was?!

Ich denke darüber nach, mir eins zuzulegen.

Ich mag auch Mädchen.

Wenn sie Mädchen mag, hab ich ja vielleicht eine Chance?

S-soll ich es ihr sagen ... soll ich sagen, dass ich sie liebe ...?

Professorin ... ich liebe sie ...

...!

Sie hat mich durchschaut ...

Da wollen wir ja keine Grenze überschreiten! Okay, ich beginne mit den Fragen!

Nun ja, wir sind Professorin und Studentin ...

MEIN HERZ ...

Ja ...

Und ...

... und deine Scheine machen.

Und deswegen solltest du ordentlich lernen ...

Ich bin nämlich auf der Suche nach einer Freundin, weißt du?

...

... wenn du doch eine Grenze überschreiten möchtest, komm jederzeit zu mir, ja?

Okay! Ich werde büffeln wie verrückt!

VERSTANDEN!

Für diese Position kommen aber nur Personen infrage, die ein Jahr lang ausschließlich hervorragende Noten erzielt haben!

Komm jederzeit vorbei, Mei! ❤

Also dann!

...

BATAMM

LIEBES MÄDCHEN!

FEIN, FEIN!

Ich will ihr Haustier sein ...

Eine etwas ältere Frau als Freundin wäre toll!

MIAU

CAFE 明 MEIG

Was ist denn da los ...?

Coffers
Cams
キヤ

IEKS !!!

WOOOAAAH

In so eine Professorin muss man sich ja verlieben ...

HACH....

16:30 Uhr

MURMEL

ザッワ

明Cafe
Take-out

MURMEL

Ein Iced Caramel Macchiato, kommt sofort!

W...

Wie cool!

SCHACKA

シャカ

シャカ

SCHACKA

シャカ

SCHACKA

WUHU- UU! IEKS! ♡

Vielen Dank!

V...

Hier, bitte!

Mega hot ...

Wah!

Wah!

Und du? Ich hab dich hier noch nie gesehen! Was möchtest du?

Äh, ich ...

Du bist ja lustig! Liebe ich!

AHAHAHA

BADUMP

Liebt sie?!

...

W- Wasser, bitte!

AFE

WAS- SER ...

Was, wirklich?

Ich schenk's dir!

IST NOCH NICHT GEÖFFNET.

Okay, hier hast du meins.

Ja, aber ...

... das ist eine Ausnahme nur für dich!

Bleibt unter uns, okay?

...

PSSST!

Ich hab mich ver- knallt!

BOFF

Ich muss entscheiden, welche Seminare ich belege!

KON- ZEN- TRATION! KON= ZEN= TRATION!

Wie soll man sich da nicht verlieben ?!

PAMM PAMM

Hah!

...

TONK

... bist doch das Mädchen von eben, oder?

?

Du ...

GNNNNH

Mh?

PRESS

Bin ich froh, dass wir uns noch mal begegnen!

Was ...?!

T-Theater ?!

Ich hab noch nie Theater gespielt ...

Ich studiere Theater und unser Fachbereich macht heute eine Erst-semesterparty.

Vielleicht hast du ja Lust zu kommen?

Ich hab ...

... mega Interesse!

Du hast so eine tolle Stimme ... Wollen wir nicht mal was zusammen machen?

Oder ... hast du kein Interesse?

Nice!

Yay!

Okay, vielleicht komm ich ...

WERBUNG ERFOLGREICH!

Ich bin Minato, drittes Jahr Fachbereich Kunst.

Wollen wir ...

... zu- sammen hingehen?

Ja!

Das ist ...

Äh ...

... Liebe!

27

PROOOST!

ZUM WOHL!

Geh schon mal rein!

Ich muss den anderen Mädels noch den Weg erklären!

Tut mir leid!

PIPIPIPIP

BIBIBIBIEP

Hey, woher kommst du? Ich bin aus Niigata.

Quatsch, das ist meine Gruppe!! Bei uns ist es echt lustig!

Willkommen in meiner Theatertruppe!

... bin ich von Jungs umzingelt ...

WAH

WAH

...

Und jetzt ...

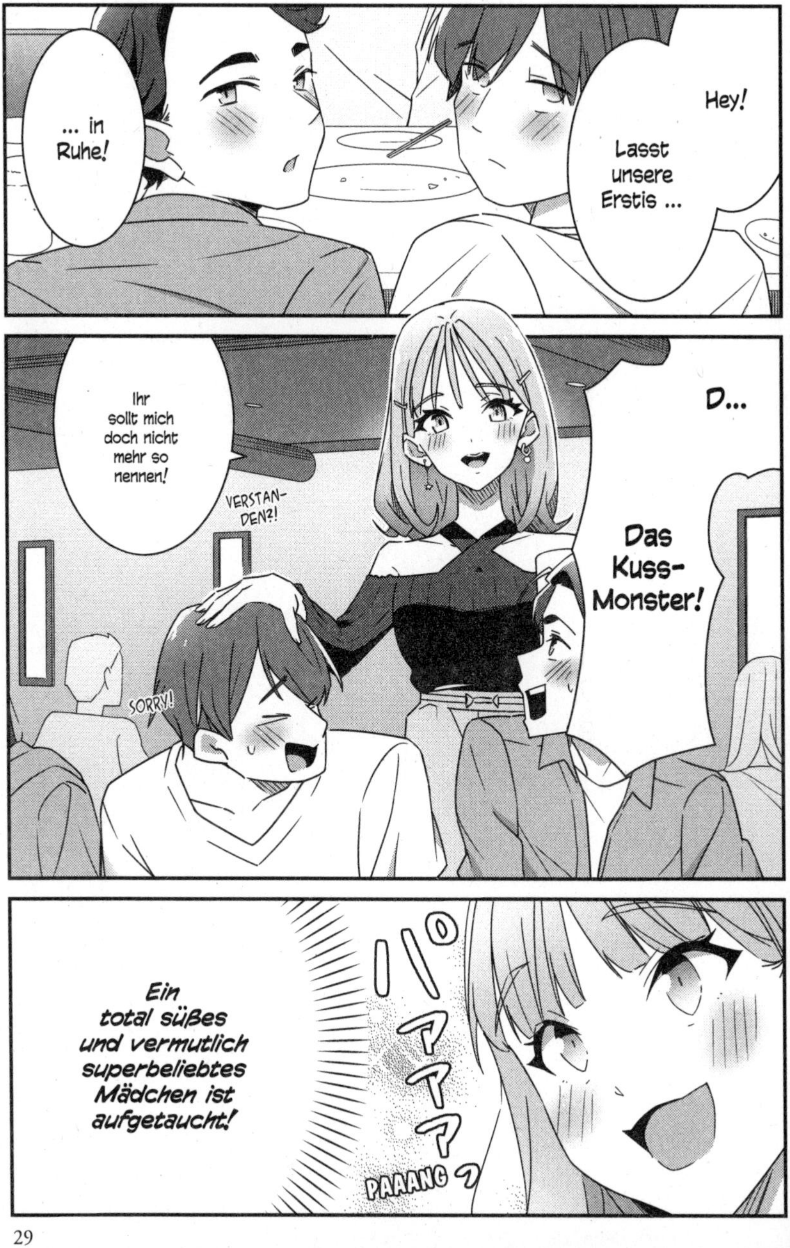

... in Ruhe!

Hey!

Lasst unsere Erstis ...

Ihr sollt mich doch nicht mehr so nennen!

VERSTAN-DEN?!

D...

Das Kuss-Monster!

SORRY!

Ein total süßes und vermutlich superbeliebtes Mädchen ist aufgetaucht!

パァァ

PAAANG

So aus der Nähe ist sie noch süßer! Sie haben sie „Kuss-Monster" genannt, wow ...

Klar!

Kann ich mich neben dich setzen?

Mein Hobby ist Alkohol trinken! ♡

Ich studiere im dritten Jahr und heiße Karin Ajima.

Darf ich mich vorstellen? Ich bin Schauspielerin.

SCHWÄRM

FIXIER

BADUMP

BADUMP

S-sie ist so süß ... Die Jungs liegen ihr bestimmt zu Füßen ...

Na ja ... ich auch ...

30

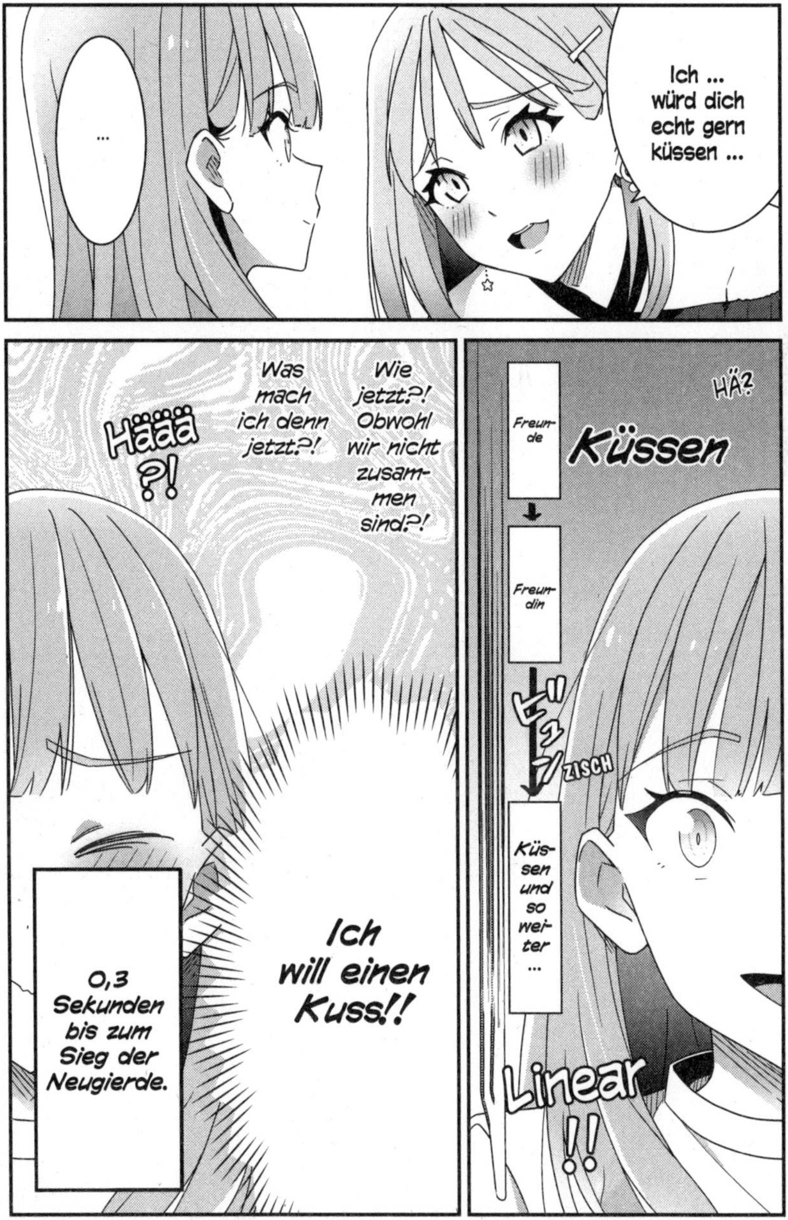

...

Ich ...
würd dich
echt gern
küssen ...

Häää
?!

Was
mach
ich denn
jetzt?!

Wie
jetzt?!
Obwohl
wir nicht
zusam-
men
sind?!

HÄ?

Küssen

Freun-
de

Freun-
din

ZISCH

Küs-
sen
und
so
wei-
ter
...

Linear
!!

0,3
Sekunden
bis zum
Sieg der
Neugierde.

Ich
will einen
Kuss!!

Das ist jetzt schon ziemlich heiß ...

Darum bin ich happy, dass du Ja gesagt hast.

Ich küsse unheimlich gerne, weißt du?

Ja ...

Wirklich?! Ich freue mich so! Gnnh!

NANU? SIE RÜCKEN ALLE WEG ...

Wenn du ... mich küssen möchtest ...

ST

ST

Ah!

Also ...

レロ

!!

LECK

HAMM

はむっ

HAH ...

32

PUHAH

HAH

HAH

ん ぅ MH

ん ぅ MH

Mein erster Kuss ...!

レ ロ LECK

ロ SMAK

Ich bin Mei.

Ah ...

Wie heißt du?

Mei ...

PIEKS

PIEKS

PIEKS

PIEKS

Ich liebe sie!

Ich liebe es, dich zu küssen ... Das war toll ...

Ah!

LECK

... in Ruhe ... weitermachen ...

Ist sie jetzt ...

Hä?

Hast du Lust, mit zu mir zu kommen?

Ich würde gern ...

Äh ...

DRRRRRRRR

...

Willst du nicht?

... meine Freundin?!

Die sind sehr streng da. Du solltest schnell nach Hause gehen.

Okay, dann lassen wir es für heute.

Ja!

Äh ... aber ...

!!

21:4
Wecker

Das Wohnheim schließt gleich!

Ah, wohnst du im Shikiho-Wohnheim?

MMH

Demnächst ...

... treffen wir uns mal in Ruhe bei mir!

Okay?

...

Ach ja!

Lass uns Kontaktdaten austauschen! ♡

HAH

HAH

Klar!

Wie sie wohl ist?

Meine Mitbewohnerin hab ich noch nicht getroffen ...

Fühlt sich an, als hätte ich alles Glück meines Lebens auf einmal verbraucht ...

Puh ... das waren krass viele Begegnungen heute ...

ドッ

KRUIK

... ist sie nett ...

Hoffent- lich ...

ス

ZZZ

ス

ZZZ

KRUIK

Aber ...

Igitt ... du riechst nach vielen Mädchen ...

SNIF SNIF

Darum hasse ich es, mit jemandem das Zimmer zu teilen ...

... dein Geruch ...

... ist nicht übel ...

SNIF SNIF

TSCHILP

TSCHILP

... kannst du hier- bleiben.

... du gefällst mir. Darum ...

NETT, WAS?

Hä?!

KRATZ KRATZ

Eigentlich wollte ich dich auch in ein ...

... anderes Zimmer bringen, aber ...

HAAAAH

Ich hab gesagt, du gefällst mir. Darum ...

... kannst du hierbleiben!

Du riechst gut!

Neiiiiin! Wir sind doch na-na-na-nackt!!

Als Lady Kaorus Kuschel- kissen!

PRESS

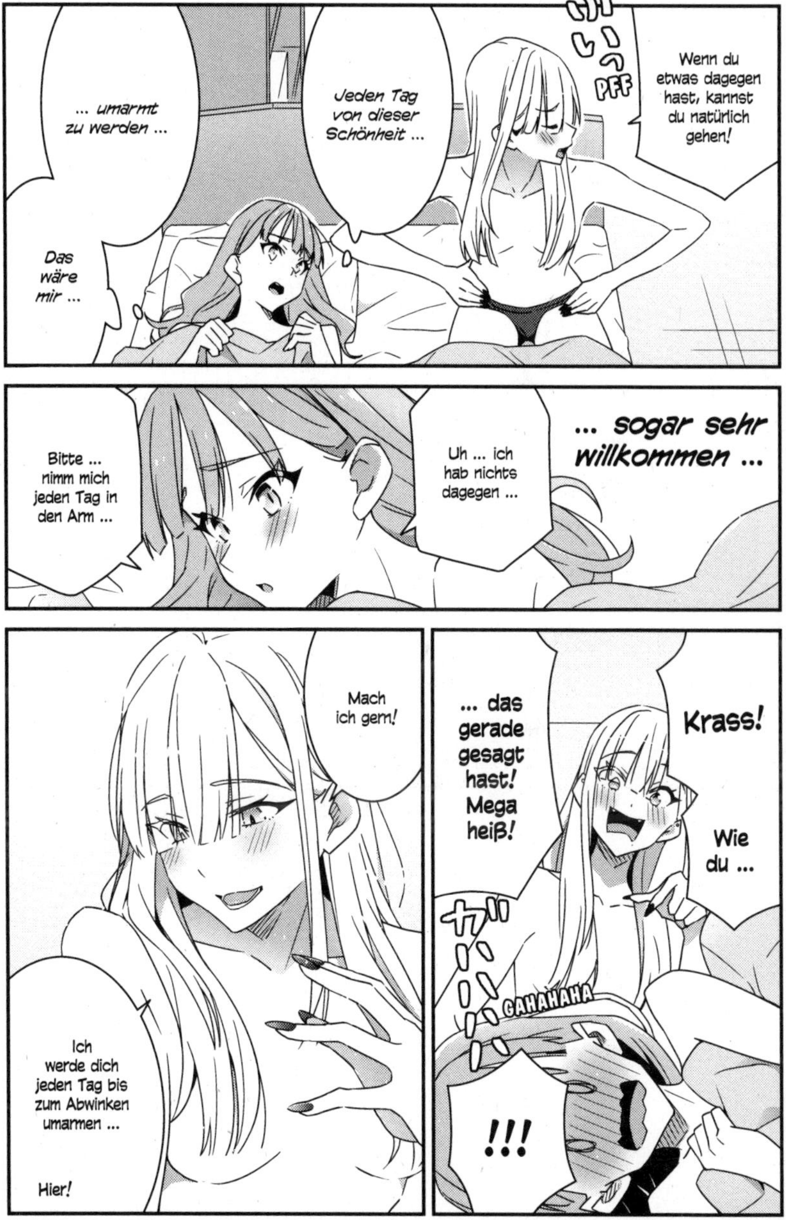

... umarmt
zu werden ...

Jeden Tag
von dieser
Schönheit ...

PFF

Wenn du
etwas dagegen
hast, kannst
du natürlich
gehen!

Das
wäre
mir ...

Bitte ...
nimm mich
jeden Tag in
den Arm ...

Uh ... ich
hab nichts
dagegen ...

... sogar sehr
willkommen ...

Mach
ich gern!

Ich
werde dich
jeden Tag bis
zum Abwinken
umarmen ...

Hier!

... das
gerade
gesagt
hast!
Mega
heiß!

Krass!

Wie
du ...

GAHAHAHA

!!!

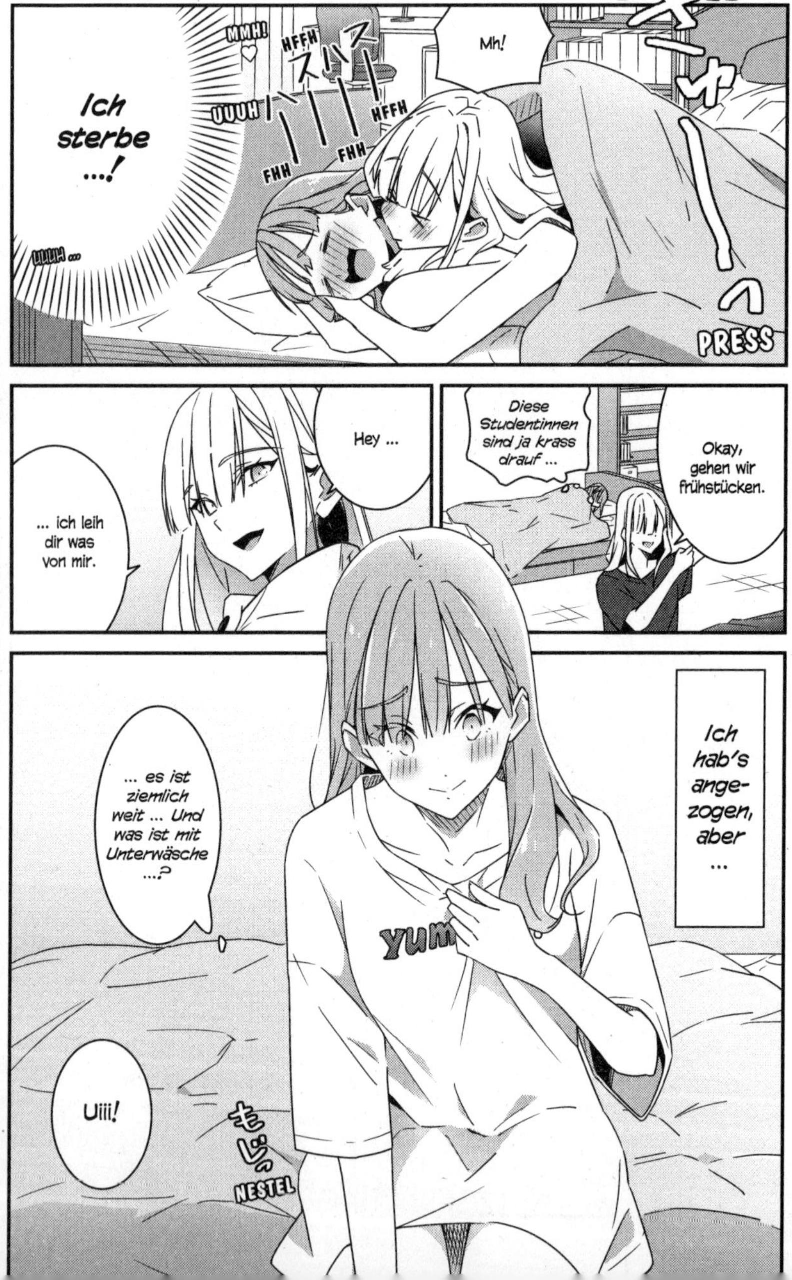
PRESS
Mh!
HFFH
MMH! ♡
UUUH
HFFH
FHH
FHH
Ich sterbe ...!
UUUH ...
Okay, gehen wir frühstücken.
Diese Studentinnen sind ja krass drauf ...
Hey ...
... ich leih dir was von mir.
Ich hab's angezogen, aber ...
... es ist ziemlich weit ... Und was ist mit Unterwäsche ...?
Uiii!
もじっ
NESTEL
yum

Sieht doch süß aus!

...

Was mach ich nur ...?

Ich geh kurz aufs Klo!

Ich ...

BADUMP

GRINS

HA HA HA

KAPITEL **2**
Which One Is Love?

Heute suchen Riri und ich zusammen unsere Kurse aus!

Ein Date! ♡
Ein Date! ♡

!!

Hä? Gehst du auf diese Uni?

Wa...

Echt jetzt?

Du bist Riri Shirosawa, stimmt's? Ich bin riesiger Fan!

...

J...

Ja ...

Hallo, Riri!!

Komm!

Ah ...

SCHNAPP

Uhum.

Was für ... Möpse ...

...

WEGRAS

Du hast mich gerettet ...

Ich mag es nicht, so umzingelt zu sein ...

Ich kenne hier niemanden außer dir.

Nein!

HAH

Was, echt ...?!

Sorry, kanntest du die?

HAH

HAH

HAH

Alles okay?

Ich kann's mir irgendwie vorstellen ...

Die Mädchen haben dann immer Gerüchte über mich verbreitet, weswegen ich niemandem vertrauen konnte ...

JA, ODER?

DIE IST SO ...

In der Oberschule standen die Jungs auch immer so um mich herum ...

Ähm ...

Also ... was ich sagen will ...

URCKS

Deshalb freue ich mich, dass wir Freundinnen geworden sind.

Du bist anders als die anderen.

Mit dir fühle ich mich wohl.

50

... und da ich im Wohnheim wohne, kann ich jederzeit vorbeikommen, wenn was sein sollte!

Sag einfach Bescheid!!

Ich werde in der Uni immer an deiner Seite sein ...

D-du kannst dich auf mich verlassen!

Haaah ... mit mir fühlt sie sich wohl ... Heißt das ... heißt das ...?!

ÄHM ...

Okay, dann ...

Ihre Hand ?!

Würdest du meine Hand ...

... hal- ten?

Krass, krass, krass!!!

Supi, wollen wir unseren Stundenplan im Café machen?

HEHE

Ja!

Hihi, mit dir fühle ich mich sicher.

きゃっ
PRESS

Natürlich!!

Entschuldige, Riri ... Ich bin auch nicht viel besser als die Kerle eben ...

Die waren der Hammer ...

Ich hab gestern im Internet nach erotischen Fotos von dir gesucht und sie mir angeschaut ...

Bitte verzeih mir, ich schau sie mir auch nie wieder an (wahrscheinlich) ...

52

Und ...

Das ist doch Mei Soraike mit der süßen Stimme! ♡

Oh!

PRASSEL

ザラザラ…

PRASSEL

... Riri Shirosawa ...

Sie kann also auch lachen ...

Als ich sie neulich gesehen habe, wirkte sie so bedrückt ...

... hält sie die ganze Zeit Meis Hand!!

にぎ DRÜCK

にぎ DRÜCK

Aller-dings ...

Hmm ...

Willst du wieder was Kreatives machen in deiner Freizeit?

Im Fachbereich Kunst gibt es auch Tanzunterricht und so.

Ich dachte, wir halten nur beim Laufen Händchen ... Ich freue mich zwar, aber ...

Eh?!

Ich konnte nur nicht richtig Nein sagen ...

ACH, ECHT?

AHAHA

Das klingt problematisch ...

Es ist nicht so, als hätte ich es gewollt.

Ich wurde damals auf der Straße angesprochen und bin so in dem Business gelandet.

Aber ich hab lange Ikebana* gelernt und da gibt es eine Gemeinsamkeit ...

Was will ich von dem Material, das ich habe, wegschneiden, und was will ich zeigen? Darum ...

Sie berührt mich immer noch ...

Riri ist vielleicht ein bisschen naiv ...

DRÜCK

DRÜCK

*die Kunst des Blumenarrangierens

...

Und alle freuen sich darüber ... Das find ich schön ...

... macht es mir mittlerweile unheimlich Spaß, etwas zu erschaffen, indem ich meinen Körper fotografieren lasse.

So 'ne große Sache ist es nicht ... aber danke!

Genau ...

HIHI!

Du hast Ikebana gemacht? Du machst dir also richtig Gedanken über das, was du tust!

Das ist toll! Echt toll!

HÄ?

Vielleicht jetzt gleich? Mit mir?

Willst du es auch mal probieren? Also das Fotografieren?

Ich will!

Na klar, na klar, na klar, na klar!

BEI DIR WÄRE ES OKAY FÜR MICH.

Soll ich den BH auch ausziehen?

Ich will ganz exklusiv heiße Fotos von Riri Shirosawa machen!!

Unbedingt!

Ich dreh gerade ein bisschen durch, tut mir leid.

Ach so ... das Fotomodel ...

... bin ich?!

Wie fühlst du dich, Mei?

Das ist mir irgendwie peinlich ...

Wäääh! Darum geht es nicht!

Keine Sorge! Heute ist geschlossen, wir sind also ganz allein hier.

Eine natürliche Haltung ist wichtig.

Die Pose sollte ein wenig asymmetrisch sein.

WUBBEL

I-ihre Brust!

Du bist ein bisschen verkrampft ...

Darf ich kurz?

Äh ...

... ja ...

Ähm, darf ich dein Gesicht berühren?

Ah!

STUPS

...

ST

Ri...

TAST

...ri?

...

Aber du bist einfach von allen Seiten hübsch!

Uuuh, bitte keine plötzlichen Komplimente!

Ich wollte nur sehen, aus welchem Winkel wir sie am besten einfangen ...

Entschuldige! Deine Schokoladenseite ...

Ah ...

Das kann ich nicht ...

Okay, dann ...

Kannst du dich etwas bewegen? Dann wirkt alles natürlicher.

Verhalte dich ganz normal und bleib immer kurz in einer Pose ...

Mh ...

WAS?!

... zieh doch mal langsam dein Oberteil aus.

Wie du es sonst auch machen würdest.

H... Hnnn, okay ...

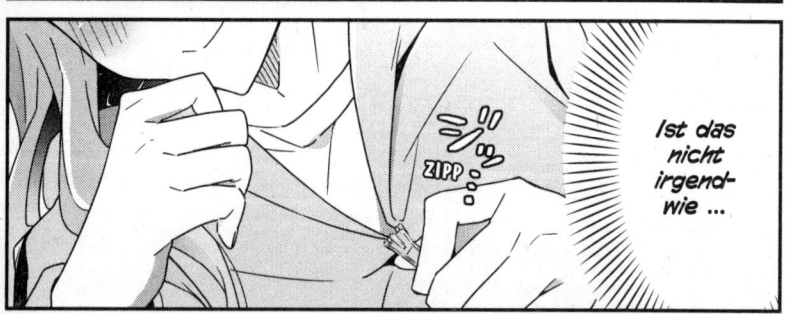

Ist das nicht irgendwie ...

KNIPS

... ero-
tisch?

ZZZZP .

KNIPS

KNIPS

KNIPS

Das ist
wirklich
...

HAH

HAH

Richtig
gut, Mei!

KNIPS

Auf
keinen
Fall!

Echt süß ...
Zieh noch
mehr aus ...

KNIPS

... Mei!

Wie schön! Ich hab richtig gute Fotos von dir geschossen ...

Ich wollte schon immer mal auf der anderen Seite der Kamera stehen! Das war 'ne ganz neue Erfahrung!

Danke, dass du mitgemacht hast!

Freut mich ...

Jup!

Danke, dass du mich nach Hause gebracht hast.

Wir sehen uns am Montag in der ersten Stunde!

BYE
BYE!

Riri ist so süß!
Freundlich und
hübsch ... Ich
bin happy, dass
wir Freundinnen
geworden sind,
aber ...

... irgendwie
schlecht.

... ich
fühl mich
auch ...

Bin wieder da!

Für mich ist es vielleicht nicht nur Freundschaft ...

DRÜCK

Kaoru!

Hallo, mein Kuschel-kissen!

BITTE WAS?!

Okay, dann gehen wir jetzt baden! Ich will den Schweiß auf deiner nackten Haut riechen!

60000!

Eine Perverse ...?!

... hab ich meine Sachen noch mal gewaschen.

Du hast ja gesagt, dass du den Geruch des Weichspülers nicht magst, deshalb ...

SNIF SNIF SNIF

REIB REIB

Oh! Heute stinkst du gar nicht!!

Oh! Gut gemacht! Fein!

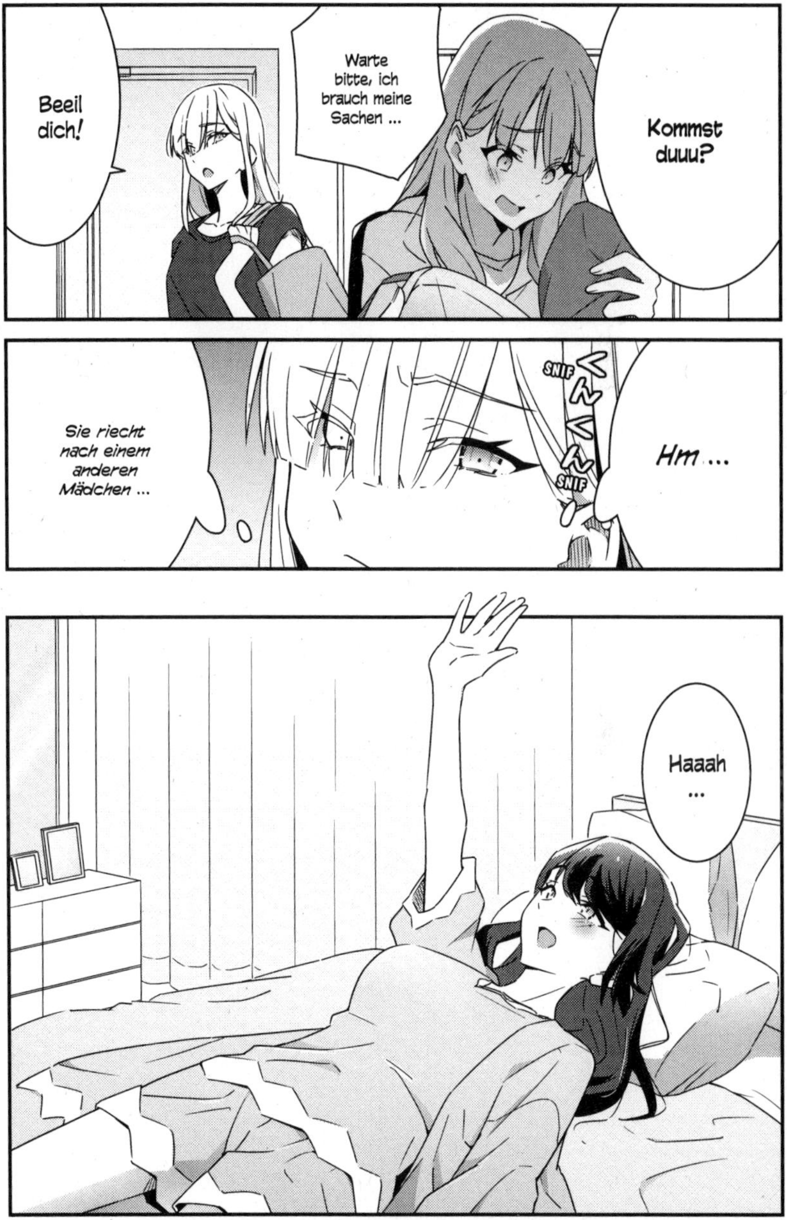

Beeil dich!

Warte bitte, ich brauch meine Sachen ...

Kommst duuu?

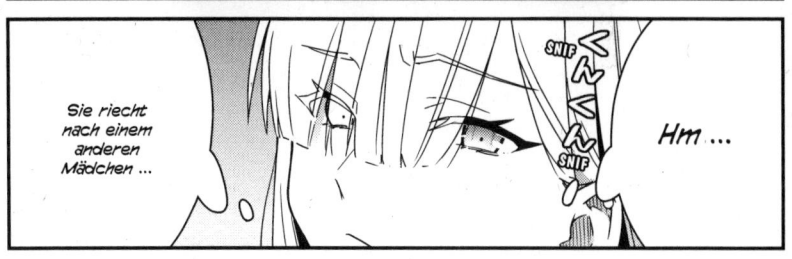

Sie riecht nach einem anderen Mädchen ...

SNIF くんくん SNIF

Hm ...

Haaah ...

Bei unserem ersten Händedruck hab ich schon gedacht, dass ich eine solche Haut noch nie gefühlt habe, aber ...

Meis Wange hat sich so zart angefühlt, als würde sie unter meiner Hand schmelzen ...

Ich hab durch meinen Job ...

... schon unzähligen Menschen die Hand gegeben, aber ...

... das übertrifft meine Vorstellungen!

So was hab ich noch nie erlebt ...

Ich spüre sie immer noch ...

Deine Klamotten sind im Weg ...

NICHT!

Kaoru!

Nicht hier ...

STO...

ÄHM!

すんすん SNIF

Du riechst so gut!

くんくん SNIF SNIF

MH!

Das ist nicht das Problem!

Hm? Ich zieh dich doch nur aus!

ば ZACK

Hör auf! Wir sind hier im Umkleideraum!!

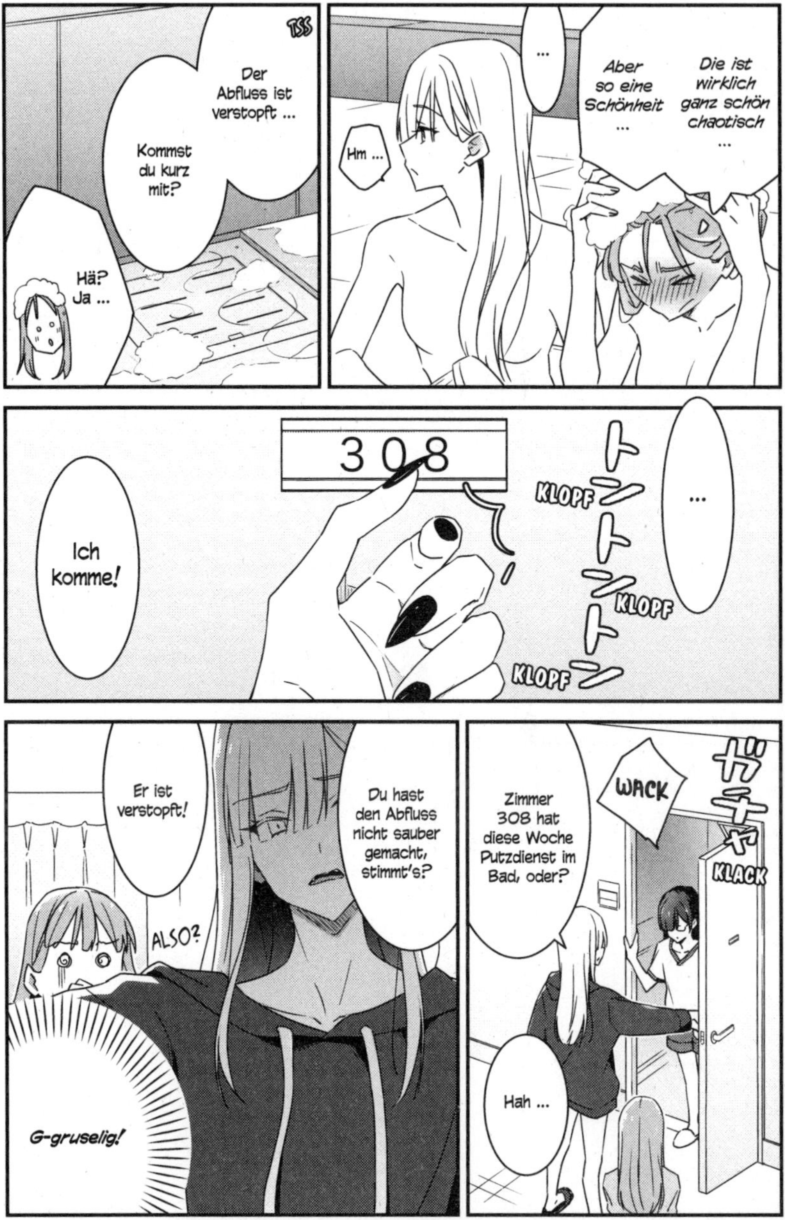

Der Abfluss ist verstopft ...

Kommst du kurz mit?

Hä? Ja ...

TSS

...

Aber so eine Schönheit ...

Die ist wirklich ganz schön chaotisch ...

Hm ...

Ich komme!

3 0 8

KLOPF トントン

KLOPF トントン

KLOPF トン

...

Er ist verstopft!

Du hast den Abfluss nicht sauber gemacht, stimmt's?

ALSO?

G-gruselig!

Zimmer 308 hat diese Woche Putzdienst im Bad, oder?

WACK

ガチャ

KLACK

Hah ...

71

Das weißt du, oder?

... aber als Bewohnerin hast du gewisse Verantwortungen, um die du dich kümmern musst.

Klar, du kannst dich natürlich vor dem Putzen drücken ...

...

Darum hab ich ...

D-das ist nur, weil die ältere Studentin, die bei mir war, gesagt hat, morgen ist auch okay ...

Wenn irgendjemand sagt, es ist okay, dann ist es also okay?

J...

Ja ...

Also dann ...

Denk beim nächsten Mal dran, okay?

SCHNAPP

Heute haben Soraike und ich uns darum gekümmert.

Tss!

Bitch.

I...

Ich hab Angst!

BLAMM

Ich würde so was vielleicht auch verpennen ...

Ähm, du bist ja ziemlich streng ...

OH ... DANKE!

Ich geb dir einen aus, weil ich dich mitgeschleppt hab.

HIAH!

Hier!

Mixju 100

Ich kann so was nicht ab.

Wenn man sich aber aus reiner Faulheit vor seinen Verpflichtungen drückt, denkt man nur an sich selbst. Das ist einfach egoistisch.

Natürlich steht es jedem frei, die Wohnheimregeln zu beachten oder nicht. Das kann jeder für sich entscheiden.

So was gehört sich nicht für gewissenhafte Studenten, oder?

Was mach ich nur ...?

ODER NICHT?

SCHLÜÜÜÜÜRF

Ich versteh gar nicht so richtig, wovon sie redet!

Es geht zwar nur ums Putzen, aber das ist auch wichtig! So was ist essenziell fürs Leben!

Hm, klar!

Kannst du mal kurz bei Englisch drüberschauen?

Das war die einzige Stelle, mit der ich was anfangen konnte ...

BADUMP
BADUMP

Lady Kaoru!!

Man denkt nur an sich selbst ...

Bei dieser Satzstruktur wird das Subjekt ins Passiv gesetzt.

I avoided the creature a certain sense of shame and the remembrance of my former deed of ...

Ich komm zwar kaum mit, aber kann es sein, dass Kaoru ...

SCHWÄRM

... gnaz schön intelligent ist?!

Ah, Literatur? Nicht einfach. Zeig mal.

Ich bin mir mit dieser Übersetzung hier nicht sicher. Ich hab ein Abstraktum verwendet ...

Oh, danke!

Hier, dein Kaffee!

TACKER TACKER
TACKER
TACKER

Ich möchte einen Beitrag zu unserer Gesellschaft leisten.

Ich steh aber auch auf Linguistik und Debatten ...

Ach so ... Politikwissenschaft ...

Hm?

Was studierst du eigentlich?

Politikwissenschaft?

Machst du dich lustig über mich?!

Nein, überhaupt nicht!!

Ey!

SOLCHE MENSCHEN GIBT ES ALSO WIRKLICH ...

Wow ... Mir ist noch nie jemand begegnet, der „einen Beitrag zu unserer Gesellschaft leisten" will ...

Oh, was ist denn los?

Okay ...

Dann willst du bestimmt auch ins Ausland?

Ja, ich denke schon.

Ich finde es total beeindruckend! Ich hab irgendwie gar keine besonderen Stärken ...

HÄ?

Wenn ja, nehm ich dich gern mit!

Wärst du traurig?

!!

Das war kein Witz!

Hm?

NEIN ...
Bitte mach keine Witze!

MANNO!

Dein Geruch entspannt mich so, darum ...

... würde ich dich gern mitnehmen ...

DRÜCK

Äh ...

... machst du doch schon, oder?

Hm ...

Darf ich dich umarmen?

... meinen Wünschen hilflos ausgeliefert bin?

Ja ...

...

Kann es sein, dass ich ...

Darf ich dich auch ... ausziehen?

SCHNUPPER

Du riechst so gut ...

ゴゴ BUBB

ゴゴ BUBB

Kaoru, ist so was denn ... im Wohnheim erlaubt?

HSS

HAA

HAA

BUBB ゴゴ

ゴゴ BUBB

S-sie drückt ihr Gesicht an meine Brust ...!!

Wobei ... Wir haben nackt neben- einander geschlafen ...

Mein BH? Das geht aber jetzt ...

M...

Der hier ... muss auch weg ...

... EIN BISSCHEN WEIT, FINDE ICH ...

...

Darf ich nicht ...?

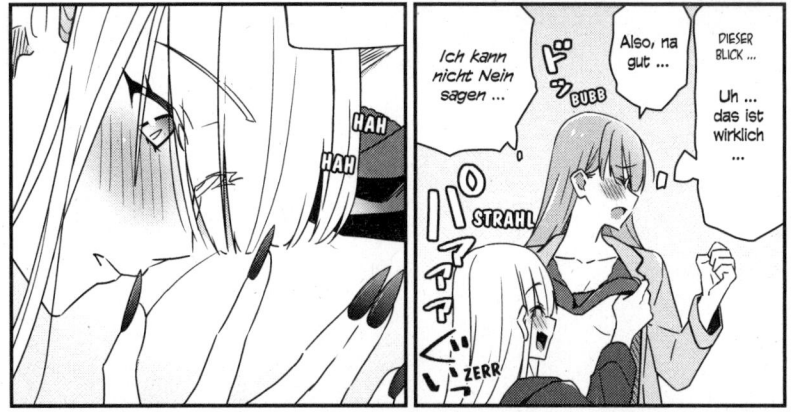

HAH

HAH

Ich kann nicht Nein sagen ...

ドッ
BUBB

STRAHL

アッ
アッ

ZERR

Also, na gut ...

DIESER BLICK ...

Uh ... das ist wirklich ...

HAH
HAH

....!

Das
ist ...

Hab ich mich
erschreckt!

BADUMP
ドキ
ドキ
ドキ BADUMP

Ja?

KLOPF

KLOPF

KLOPF

!!

Was
gibt's?

Ähm ...

Hauptsache, du siehst es ein!

WUSCHEL わしゃ わしゃ WUSCHEL

Ciao!

Ich nehme mir fest vor, dass so etwas nie wieder passiert.

Vielen Dank, dass du mich wegen des Putzens aufgeklärt hast.

ALSO ...

...

...

Ist die cool ...

ハ゛タン

BLAMM

SORRY, TUT MIR LEID!

Ah! Hast du irgendwas erwartet?

Häää?!

Warum bist du ausgezogen?

Hm?

Haaah

So, dann lern ich mal weiter.

Hä?!

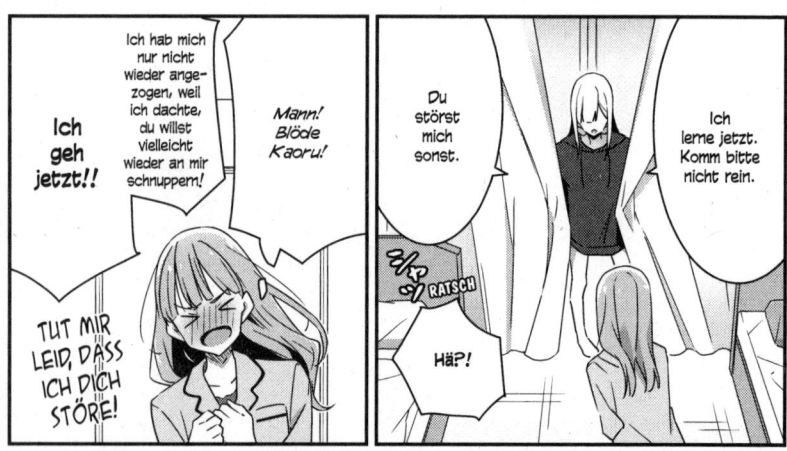

Ich hab mich nur nicht wieder angezogen, weil ich dachte, du willst vielleicht wieder an mir schnuppern!

Ich geh jetzt!!

Mann! Blöde Kaoru!

TUT MIR LEID, DASS ICH DICH STÖRE!

Du störst mich sonst.

Ich lerne jetzt. Komm bitte nicht rein.

Hä?!

SH SH RATSCH

...

BLAMM

Was ist bloß mit ihrem Geruch?

Verdammte Scheiße!

Hat er sich verändert, weil ihre Körpertemperatur gestiegen ist?

Wenn nicht zwischendurch jemand gekommen wäre ...

... hätte ich nicht mehr aufhören können ...

Das ist ...

...

KRUIK

... Soraikes ...

SCHNUPPER

ぎゅっ

DRÜCK

So was ...

HAH

... kann
ich nicht!

HAH

ICH KANN
DAS NICHT
STUDIE-
REN!

Es
ist sinnlos!
Ich hab nicht
das geringste
Interesse
an der
Gesellschaft.

Haaa ...

BWW
BWW
BWW

...

Hmm
...

Entschuldige,
Mei! Passt
es gerade?

Äh,
ja! Kein
Problem!

ÄH,
JA?!

Hier ist
Soraike!

Minato!!

BWW

BWW

!!

Minato

RINE Audio

Was,
sie ruft
an?!

Sie wollte meine Stimme hören?!

ドキッ

BADUMP

BADUMP

D-das könnte man glatt missverstehen ...

ドキドキ

BADUMP

... ich wollte ... deine Stimme hören ...

Ich hätte dir auch schreiben können, aber ...

AH!

Okay, ich hab morgen nichts vor. Ich komme!

Super! Dann schicke ich dir die Infos. Bis morgen!

WIR PROBEN IN DER UNI.

Hast du dich schon einem Klub angeschlossen? Falls du Lust hast ... Wir haben morgen Theaterprobe und ich würde mich freuen, wenn du kommst ...

Sorry, alles okay! Mach dir keine Gedanken!

Äh ... alles okay? Das hat sich so komisch angehört ...

Ähm ...

Ja!

... gute Nacht, Minato!

NGH

Gute Nacht, Mei. Ich leg dann mal auf ...

85

GH ...

Erinnere dich, Haru!

Ich bin's!! Deine dich liebende ...

Ich töte dich mit diesem Dolch!

Ich bin so froh ... Du bist ... wieder du ...

Naru? Fuu? Blut ...

Ich ...

Ich liebe dich ...

MH

Ich hab dich geliebt ...

... ein echter ...

D-das ist ...

... ein echter Kuss!!

... mich in der Rolle?!

Mei! Wie fandest du ...

JA!

Pause!

Ich würde gern weitermachen, wo wir letztens aufgehört haben ...

Hey! Wenn die Aufführung vorbei ist, komm doch mit zu mir!

Weiter- machen ...?

Das freut mich!

Wirklich?!

D-du warst toll.

(MIT DEM KUSS UND SO ...)

DANKE!

PRESS

Du weißt doch, was ich meine.

Ich rede ...

... von unserem Kuss! ♡

DA WILL ICH WEITERMACHEN!

HIER" ...

Weitermachen nach dem Kuss ...

Versprich es! ♡

Yay! Jetzt kann ich bei der Aufführung mein Bestes geben!

O-okay ...

Ich hab geantwortet, ohne nachzudenken ...

* In Japan reicht man sich den kleinen Finger, um ein Versprechen zu besiegeln.

はむっ♡

HAMM

...

Versprochen, ja?

HAAA?

BADUMP ドドキキ BADUMP

ポっ

PONG

Hat sie ... an meinem Finger geleckt?!

Bei Karin solltest du vorsichtig sein!

Bis dann! ♡

Jaaa!

Alle Darsteller herkommen!

...

90

Außerdem konzentriert man sich viel mehr, wenn bei der Generalprobe nicht nur die Theaterfans kommen.

Ach was, nicht doch!

Es war mir richtig unangenehm, dass ich so was Tolles umsonst ansehen durfte ...

Wie hat dir das Stück gefallen?

Minato!

Hast du das Stück verstanden?

Hä? Warum denkst du das?

ABER DU BIST NICHT AUFGETRETEN ...

... weil ich dachte, dass du mitspielst.

Ja! Ich war nur ein wenig überrascht ...

HÄ?

Ist das peinlich ...

Du bist so ehrlich!

RHRHR!

HAHAHA

HAHA

... weil du so cool bist ...

DA DACHTE ICH ...

N-na ja ...

Ich bin immer hier, am Mischpult.

Komm, Mei ...

Ich zeige dir, was ich mache.

Ich kümmere mich um den Ton.

Schauspielern natürlich!

Hm, aber was könnte ich machen ...?

Theater macht echt Spaß! Willst du es mal ausprobieren?

Was?

... weil ich deine Stimme hören möchte, weißt du?

Ich hab dich eingeladen ...

...

Das ist Kandidat 2.

...

Das ist Kandidat 1.

...

Kannst du mal reinhören? Ich hätte gern eine objektive Meinung.

Ich bin nicht sicher, welche Musik ich für das Ende des Stücks nehmen soll.

Was meinst du?

Ja, kann ich machen ...

KLICK

Hören wir mal über Lautsprecher, okay?

Ist vielleicht schwierig über Kopfhörer ...

Ich werde dir jetzt deine Ohren schöööön sauber-machen, okay, Brüderchen? ♡♡♡♡

Das hast du dir gerade angehört ...?

Ja ...

Okay ...

Ich sorg dafür, dass du richtig zu...

DÜT

Meinen neuesten Favoriten ... „Kleine Schwester vernarrt in großen Bruder/ Flüstern/Ohrlecken/ Verwöhnen/Kuscheln ASMR" ...

Sie hat es gehört ...

Wo hat es angefangen?

Ich bin erledigt.

Irgendwas mit „im Badeanzug den großen Bruder mit dem Kopf auf dem Schoß verwöhnen", oder so ...

Es tut mir leid ...

Ich ... sterbe ... jetzt.

カタッ カタッ
KRACH

Ich danke dir ...

Minato!!

...!

Ah ...

Ah ...

Das ist kein Trost ...

Ähm ... mir macht das echt nichts aus. Es gibt nun mal die verschiedensten Hobbys ...

Außerdem ...

GH!

SIE FLÜSTERT MIR INS OHR!!

ZUCK

Geht's dir gut?

... auch ein bisschen Herzklopfen bekommen!

HIHI

... hab ich selbst ...

Was ...?!

...

Ich verheimliche anderen Leuten ja auch dies und das ...

Dass ich Mädchen mag zum Beispiel ...

Nein!

Nicht abstoßend?!

Du fandest es okay?!

So was ist überhaupt nicht abstoßend!

Kleine Schwester ASMR

Ich steh auf die Stimme der kleinen Schwester, aber ...

... die Stimme ihres Bruders interessiert mich überhaupt nicht ...

Ich kann das erklären ...

Das ist ein Missverständnis.

Wenn du auf den Bruder und seine kleine Schwester stehst, ist das für mich nicht ...

HÜSTEL

So was findet man nirgends! Nirgends!!!

Eigentlich wünsch ich mir nichts mehr als die Stimme einer „großen Schwester"!! Aber ...! Aber ...!

Soll ich es machen?

Wenn das so ist ...

Hm?

ICH WILL NICHT, DASS ES RAUS-KOMMT ...

Natürlich könnte ich es selbst produzieren, aber bei den Mädels, deren Stimmen ich mag, will ich nicht so anstößig werden ...

WAS?!

... wenn es nur darum geht, irgendwas zu erzählen, krieg ich das sicher hin.

Ich weiß zwar nicht, ob meine Stimme ... dich zufrieden-stellen kann, aber ...

WAS ?!

DRÜCK

Verstanden! Okay, dann ...

Was?! Das ist doch Unsinn!

Okay, dann 100.000? 100.000?!

Hä?!

Hä?! Ist das dein Ernst?!

I-ich müsste dir doch min-destens eine Million dafür zahlen ...

100

... einen Iced Caramel Macchiato!

Wie klingt das?

D-das macht mich irgendwie glücklich ...

Du bist die Beste, Mei!!

AAAAH!

Ich liebe dich!!

DRÜCK

ICH LIEBE DICH!!

Karin ...

Deine Zeit ist um, Minato!

Hey! Kein Geturtel im Theater!

PANG

PANG

Sie baggert nämlich ständig Mädchen an!

NEIN, ALLES GUT ...

Sie hat nichts mit dir gemacht, oder? Alles okay?

...

Karin ...

GRMPF

102

Ähm ...

Und, was meinst du? Hast du nicht Lust, unserer Theatergruppe beizutreten?

Also ...

Ich ...

... könnte es mir vorstellen ...

パパわ
KLATSCH
KLATSCH
KLATSCH
PFEIF
ピュー
パパ
KLATSCH
VA! DAS WOLL-TEN WIR HÖREN!
WAAAH

Äh ...

Lieber Produktion, oder?

Nein!! Zum Kostüm!!

Du kommst natürlich zum Licht!

Wir suchen Leute für das Bühnenbild!

Mei arbeitet ausschließlich mit mir!

WAAAAS?!

UAH!

Ver- gesst es!

SCHNAPP

Hm?

Karin ...

Ihr arbeitet natürlich auch ausschließlich mit mir! ♡

UUUH ...

WAAAAH

DOKI DOKI BADUMP BADUMP

Und ich, Minato?!

Und ich?!

Oh ...

SIE WIRD DIR GERADE AUSGE- SPANNT ...

Willst du nichts un- ternehmen? Du hast doch ein Auge auf das Mädchen geworfen, oder?

Sie ist und bleibt nun mal ein kleiner Nerd.

... mehr passiert da nicht.

Nein, nein, das ist nicht schlimm! Minato ist zwar gut darin, Mädchen für sich zu gewinnen, aber ...

Ich hingegen ...

... arbeite mit Händen ...

... und Zunge! ♡

MBLLL

Auweia ...

ICH KANN ES KAUM ERWARTEN, SIE ZU VER- NASCHEN ... ♥ MIR LÄUFT DAS WASSER IM MUND ZUSAMMEN ...

Ich freue mich so darauf, dass Mei bei mir über- nachtet!

A A A A H!

Hmmm ...

Eine Augenweide, sie so schüchtern zu sehen. ♡

あわわ
ÄCHZ

Da bist du ja ...

... Mei Soraike! ♥

Hah ...

Meine Studentinnen sind alle geflüchtet ...

Die Befragten sind etwas älter und haben das Formular handschriftlich ausgefüllt, deshalb ist es ziemlich anstrengend!

TONK GOTO

... digitalisieren?

Mei, könntest du für mich diese Umfrage ...

STAPEL もりっ

Und ...

SCHÖNE HANDSCHRIFT ...

Tatsächlich ... Das kann man kaum lesen ...

I...

DRÜCK

Ich mach's !!

... wenn du das für mich machst, bekommst du auch eine Belohnung ... ♥

I-ich kann nicht hinsehen ...

ICH BIN ZIEMLICH OFT IM TV!

Ja, mein neuestes Buch verkauft sich wieder so gut ... Wusstest du das nicht?

schen, lieben innen

Ach, tatsächlich?

Was?! Ein Interview?!

Du bist meine Rettung! Ich muss nämlich zu einem Interview ...

Ihre Brüste sind so nah!

ICH BIN DANN MAL WEG!

Okay!!

Übernimm dich nicht! Danke! ♥

EINE BELOHNUNG VON PROFESSORIN TODOMEKI! ♥

EINE BELOHNUNG VON PROFESSORIN TODOMEKI! ♥

Okay, dann mal los!

Beflügelt von der Kraft der Hintergedanken!!

...

BLAMM

Guten Morgen! ♥

GOOOO
ゴォォォォ

!! Ein Auto!

Keine Sorge, ich hab das Wohnheim benachrichtigt.

Was?

Also hab ich dich zum Auto getragen.

Na ja, du bist einfach nicht aufgewacht!

Äh, hä?! Hä?!

WARUM SIND WIR ...?

Äh, ähm, wie spät ist es?

Date ... auswärts übernachten?!

HÄÄÄ?!

Ich hab gesagt, dass wir ein Date haben und auswärts übernachten! ♥

... eigentlich ist es mir egal.

Ähm, Hamburger ... Nein ...

Okay, dann ...

Zur Belohnung darfst du dir aussuchen, was wir essen gehen. ♥ Wo möchtest du hin?

Danke, dass du die Umfrage komplett bearbeitet hast!

Ach ... ach so ...

... fahren wir doch ...

... in ein Hotel!

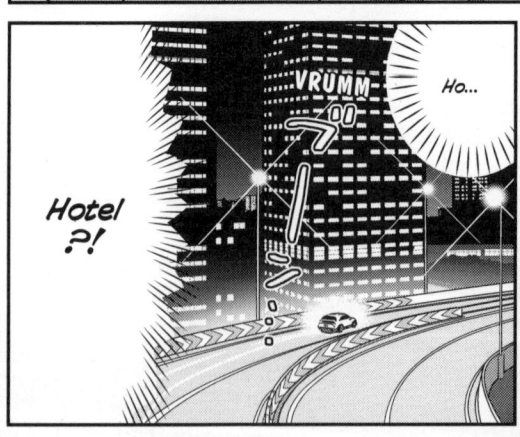

VRUMM

Ho...

Hotel ?!

Oh ...

... okay.

...

Mit Hotel meinte sie eine Hotelbar!

Ähm ...

HÄÄÄ?!

Woher wissen Sie, was ich möchte?!

Ich hab geraten! Süß! ♡

Bitte einmal den Cocktail des Tages, einen Hamburger und einen Apfelsaft!

Ein Hamburger 5000 Yen?!

Apfelsaft 2000 Yen?!*

HILFE!

* ca. 12 €

Bist du enttäuscht?

Tut mir leid, dass es kein Hotel ist, sondern eine Hotelbar ...

Sie hat mich durchschaut!!

Äh! J... Nein!

Ich
schäme
mich
so ...

Uh ...
bitte sehen
Sie mich
nicht an ...

Richtig
geraten, hm?
Hihi! Es ist süß,
dass man dir
deine Gefühle so
an der Nasen-
spitze ablesen
kann! ♥

Aaaah,
das ist ja
noch süßer!
♥

Du
hast dir ...
Hoffnungen
gemacht,
stimmt's?

Du
hast doch
Probleme,
oder? Geht
es um ein
Mädchen?

♥ ♥

Okay, wie
wär's, wenn
du mir mal ein
bisschen von
deinem Liebesleben
erzählst?

Es
stimmt
alles!

UUUH!

TONK

コ
ト
ン

Ich hatte sie unheimlich gern und sie war das Wichtigste in meinem Leben, aber am Ende hat sie mich abgewiesen.

Ich war verzweifelt und fest entschlossen, dass es bei der nächsten Liebe anders wird, aber jetzt kann sich mein Herz irgendwie nicht für eine entscheiden ...

Sie merkt es sowieso, selbst wenn ich versuche, es zu verheimlichen ...

Tatsächlich ...

... war ich in der Oberschule drei Jahre lang in ein Mädchen verliebt.

Er sucht die Ursache nicht in der Vergangenheit. Seiner Ansicht nach hat die jetzige Liebe nichts mit einer gescheiterten Liebe in der Vergangenheit zu tun.

Was?

Aber Adler zum Beispiel verneint das Trauma und er ist genauso Psychologe.

Traumatisiert? Du meinst eine seelische Verletzung ... wie nach Herman ... oder Freud?

Ich frage mich, ob ich vielleicht noch nicht losgelassen habe, oder ob ich durch die Erfahrung traumatisiert bin ...

ICH KONNTE IHR NICHT MAL MEINE GEFÜHLE GESTEHEN.

... das ...

AH...

Tja, was davon auf dich zutrifft ...

... musst du selbst herausfinden!

Was möchtest du nach dem Essen tun, Mei?

...

Dann machen wir doch gleich mal einen Praxistest!

SO EINFACH IST ES NICHT, DIE RICHTIGE ANTWORT ZU FINDEN, VERSTEHST DU? ♥

Hah ...

SIE IST SO EINFÜHLSAM!

BADUMP BADUMP

Und mehr Alternativen zu kennen, bedeutet, schlauer zu werden! ♡

Lernen bedeutet, etwas zu erfahren, was man vorher nicht wusste ...

Option 2: In einem Doppelzimmer mit mir die Nacht verbringen.

Option 1: In einem Einzelzimmer allein im Hotel übernachten.

Diese Optionen sind unfair ....!!

HAAAH!

Na, für welche Option entscheidest du dich? ♡

SCHON GUT, DU DARFST RUHIG LÜGEN! ♥

Ich kenne deine Antwort schon!

Diese gedankenlesende Professorin ist wirklich fies!

UUH!

BADUMP

DOKI

BADUMP

BADUMP

BADUMP

D-das ist doch ...

Norma-lerweise würde ich sagen, allein ...

Sehr aufrichtig ...

Das ist bezaubernd!

Uh ... ich möchte ... mit Ihnen ...

... im Hotel über-nachten ...

Jetzt hat sie mich dazu gebracht, es zu sagen ...

Nehmen wir uns richtig Zeit!

118

Damit du keine verschrobene Alte wirst wie ich.

Ich möchte, dass du dir deine Aufrichtigkeit bewahrst!

Aber ...!

Ich hab gar nichts erwartet ...

NEIN!

Bitte erwarte nicht zu viel! Ich hab doch gesagt, dass ich dich nicht anfassen werde! ♥

Schon gut, schon gut!

... solches Herzklopfen ...

... gerade ...

BUBB BUBB BUBB BUBB

Ich ... ich hab ja nicht umsonst ...

Das ist nicht wahr! Sie sind eine wundervolle Frau!

GRABB

Ä H ... H Ä Ä Ä ?!

GUTE NAAACHT!

Danke, dass du gesagt hast, was ich hören wollte. Wir müssen morgen früh raus, also lass uns schlafen! ♥

War nur ein Scherz! ♥

PONG

Danke!

...

＜"

ZZZ

ICH HAB JA NICHT UMSONST SOLCHES HERZKLOP-FEN!

... süß?!

SCHWÄRM

SCHWÄRM

War das nicht wahnsin-nig ...

SIE SIND EINE WUNDER-VOLLE FRAU!

Hast du das gesehen ?!

Profes-sorin ...

Profes-sorin ...

Obwohl das hier absolut tabu ist, hat mein Gehirn den Anblick bereits gespeichert und meine Neuronen sind entflammt ...

Und ich hab ihre Brüste gesehen!

120

... Profes-
sorin!

Vielen
Dank, dass
Sie mich
gefahren
haben ...

Am
näch-
sten
Mor-
gen ...

STRAHL

Mir tut
alles weh ...
Ich werde
alt ...

AUF
WIEDER-
SEHEN!

UHHMM!

Verdammte
Neuronen ...
Ich hab
kein Auge
zugekriegt
...

A
A
A
A
H
...

HAAAH ...

Wie süß
sie ist ...

SCHWÄRM

OKAY!

Ich helfe
Ihnen gern
jederzeit!

Sagen
Sie einfach
Bescheid!

AH!

123

124

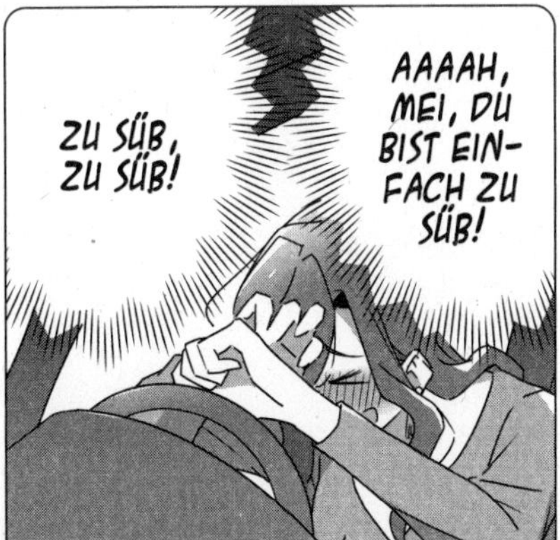
AAAAH, MEI, DU BIST EIN-FACH ZU SÜß!
ZU SÜß, ZU SÜß!

KAPITEL **6**
Which One
Is Love?

A-alle starren uns an ...

Lady Kaoru!

HAAH ♥

SCHNUPPER ワン ワン

SCHNUPPER

Das ist ... wie soll ich sagen ...

Ah!

Eine jüngere Kommili-tonin?

Du bist nicht oft in Begleitung unterwegs!

Yeah !!

Cool!

WACK

Ich hab sie aus dem Wohnheim mitgebracht.

... so was wie ... mein Kuschel-kissen?

Sie akzep-tiert das einfach ...

KUSCHEL-KISSEN?!

HÄ?!

Dieser Geruch ... Nach dieser Frau riecht Soraike oft ...

SCHNUPPER

SCHNUPPER

Ähm, Kaoru!

AH!

Ich gehe!

...!

Ich übernachte heute woanders, deshalb kann ich dir keine Gesellschaft leisten ...

Es tut mir leid ...

HAAAAH!

PTSCH

TSCH

Hah ...

OKAY?

Ich entführe Mei mal kurz.

Ja, danke der Nachfrage ...

ERINNERST DU DICH AN MICH?

Du bist ... Shirosawa, richtig? Und? Hast du dich schon in der Fakultät eingewöhnt?

KOMM, KOMM!

...

Benei-dens-wert ...

Ich würde ...

... sie auch gern ...

... so berühren ...

Da kann man nichts machen.

...

Heute ... hab ich was mit einer Freundin vor ...

A A A A H ...

Magst du mitkommen? Ich würde sowieso gern deine Stimme hören ...

Ich will heute Nachmittag nach Drehbüchern suchen.

Ach so ...

Tut mir leid!

ALSO DANN ...

Kein Ding ...

Es ist zwar unheimlich schade, aber ich geb mich damit zufrieden, dass ich wenigstens deine Stimme hören konnte!

ÄH ...

ÄHM ...

Minato!

HAH

... beim Job!

ZUPF

Gib dein Bestes ...

?

Nanu? Sie reagiert gar nicht wie sonst ...

NA, WAS SOLL'S ...

...

ST

Oh ... ja.

DA BIN ICH WIEDER!

BLUSHHH

Geh ruhig ran, Mei!

Oh Mann! Professorin Todomeki!

DAS MACHT MIR NICHTS!

Tut mir wirklich leid!

DINGELING

DINGELING

DINGELING

Und, was wolltest du wegen heute ...

Oh ... heute hab ich was vor ...

Es ist ziemlich plötzlich, aber hättest du heute Zeit?

Okay, kein Problem!

Ja, hier Soraike!

Mei?

Hä?!

PLING

Tut mir leid, dass ich dich mitten im Gespräch gestört hab! ♡ Mach's gut!

Hihi, sie sucht mich!

Eine Dreiecks... Vierecks... Fünfecksbeziehung?

Kunimasa, Shirosawa, Minato ... eine bemerkenswerte Truppe ...

WER WEISS ...

KLACK

KLACK

So, an die Arbeit! ♡

... ich freu mich, dass sie den Anruf angenommen hat! ♡

Sie hat zwar Nein gesagt, aber ...

... vielleicht zusammen was essen könnten, oder so?

Also ...

... ich hab mich gefragt, ob wir heute Abend ...

Wenn du nicht kannst, nicht schlimm ...

Ich hab heute schon eine Verabredung. Ich würde wirklich unheimlich gern mit dir essen gehen, aber ...

....!

Es tut mir leid!

Wenn du das nächste Mal Zeit hast ...

Sorry!

Oh, schon gut, kein Problem! Es war ja auch etwas plötzlich ...

Mei hat auch andere Freundinnen gefunden!

Ja, klar!

Ah! Das erste Seminar fängt an!

Komm!

DING DONG

Ja!

138

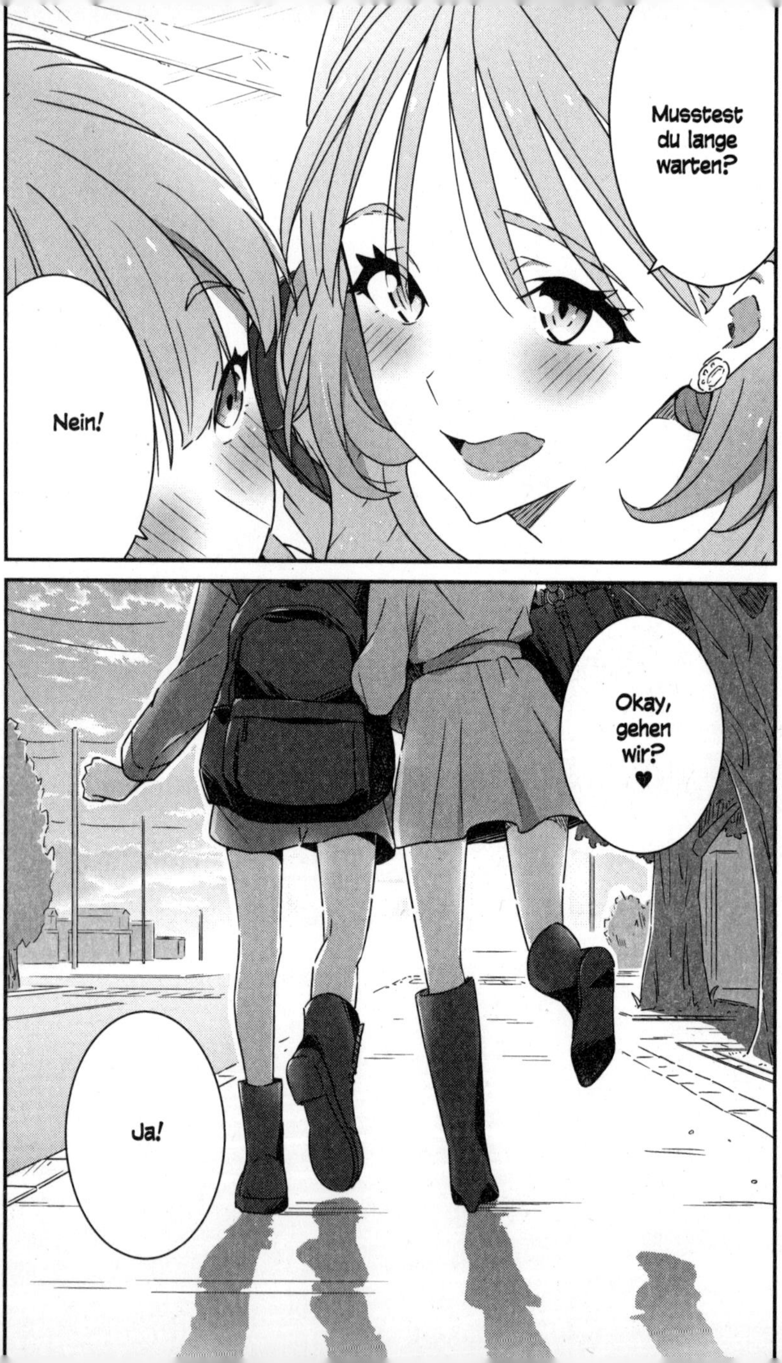
Musstest du lange warten?
Nein!
Okay, gehen wir? ♥
Ja!

KAPITEL 7

Which One
Is Love?

* Leckerer Spinat

I-ihre Art zu reden ist irgendwie ...

Dieses Abendessen wirst du dein Leben lang nicht vergessen! Verlass dich auf mich, Mei!

... und dann ...

... wird er gebraten!

Ich tupfe die Feuchtigkeit ab ...

W...

ZURR

Wie süß ...!!

Ich lege beim Kochen auch Wert auf das Drumherum!

Ja, nicht wahr?

Ach ... ich dachte nur, das ist eine süße Schürze!

Was hast du denn, Mei?

Irgendwie ...

Ah ...

BRODEL BRODEL

DIESE MEERBRASSE MÜSSTE NICHT UNBEDINGT GEBRATEN WERDEN, ABER ES IST BESSER, UM DAS ÜBERSCHÜSSIGE FETT HERAUSZULÖSEN.

BRUTZEL

AHAHA

Hoffentlich verzeihst du mir meine heimlichen Gedanken.

DAS ESSEN IST FERTIG!

... würde ich dich am liebsten heiraten!

144

Das ist das Tagesgericht! Acqua Pazza mit Frühlingsgemüse, Meerbrasse und Frühlingskohl-Rapé!

Fertig!

BWUSCH

Ah ...

HÄ?

AAAAH

Hier, Mund auf!

UWAH ...

Das sieht köstlich aus ...

Ich liebe Menschen, denen man ansieht, dass es schmeckt! ♥

FREU

MMAAAAAAH!

HMM!

V-viel zu gut ...

Willst du nicht zum Theater ... Schauspielerin werden?

Nanu? Du studierst doch im Fachbereich Kunst!

...

Wenn man später mal mit Lebensmitteln arbeiten will, muss man ordentlich was draufhaben.

Was?

Nicht wahr ...?!

EHEHE

Das ist wahrscheinlich das Beste, was ich je gegessen hab ...

FRÖSTEL

DZUMM

Ich hab das Gefühl, das hat sie ganz schön runtergezogen ...

BADUMP BADUMP

AHAHA

Theater?! Das ist doch nur ein Hobby!

Ach so?

NUR IN DER THEATER-GRUPPE MITZU-SPIELEN REICHT BEI WEITEM NICHT!

... dann müsste ich längst bei einer Agentur registriert sein.

ICH MÜSSTE WERBESPOTS MACHEN ODER STATISTENROLLEN ÜBERNEHMEN UND SO ...

Ja!

... wenn ich von der Schauspielerei leben wollte ...

Alle sind sehr motiviert, aber ...

Es stimmt, dass in unserem Fachbereich einige Regisseure werden wollen oder andere Jobs am Theater anstreben ...

... will dich keiner mehr essen ...

Wenn die Saison vorbei ist ...

... zählt nur das Alter.

Genau wie bei diesem jungen Spargel ...

HAB ICH MICH ER-SCHRECKT!

NOMM NOMM MMMH

BADUMP ドキ BADUMP

Auch wenn du ursprünglich so ein leckerer Spargel warst!

HAPP

147

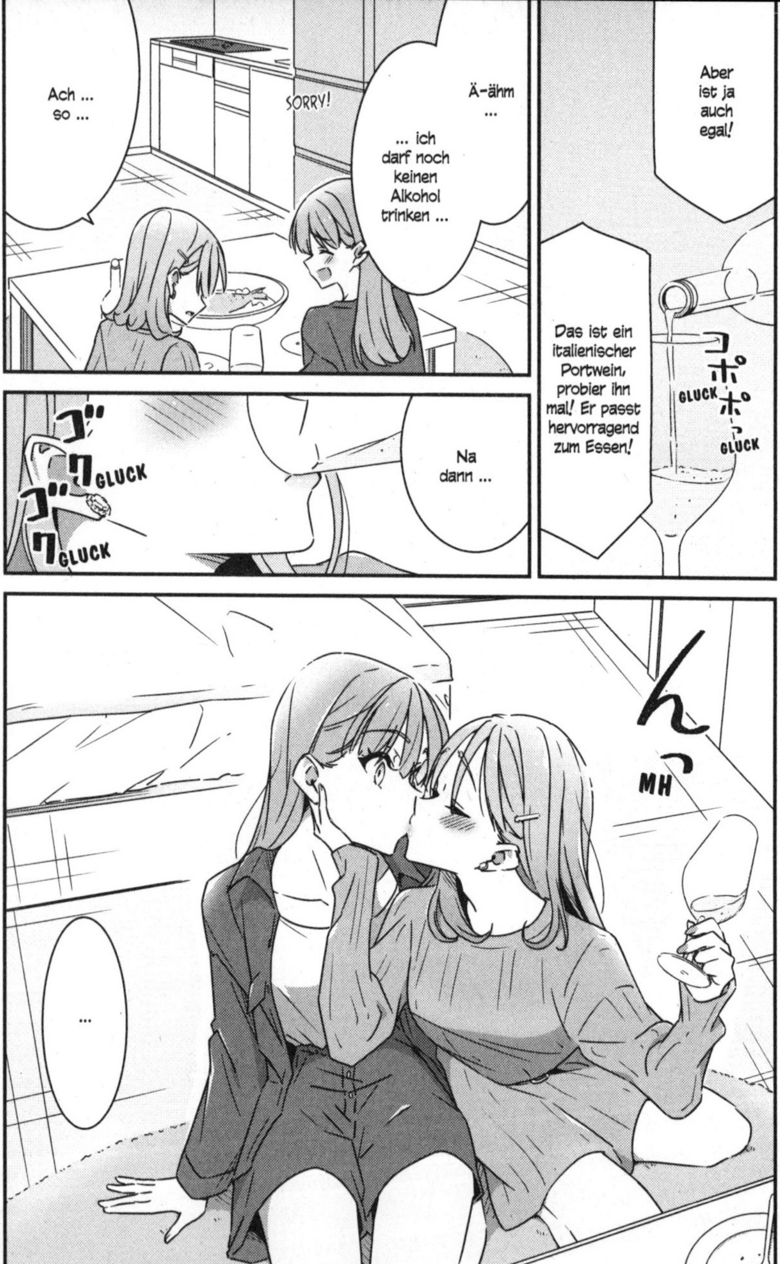

Ach ... so ...

SORRY!

Ä-ähm ...

... ich darf noch keinen Alkohol trinken ...

Aber ist ja auch egal!

Das ist ein italienischer Portwein, probier ihn mal! Er passt hervorragend zum Essen!

ゴクッ GLUCK
ゴクッ GLUCK

コポ ポ GLUCK GLUCK GLUCK

Na dann ...

ん MH

...

ん
MMMH
MH

Hah!
♥

Rang
A5!!

Aaaaah!
Warum
schmeckst
du nur so
gut?!

ÄH?!
HÄ?!
HÄ?!

Ja ...

J...

S-sie
hat mich
geküsst
...?!

Und?
Hast du
ihn ge-
schmeckt?

Oh! Ent-
schuldige,
ich war so
aufgeregt
...

DEN
WEIN?

Oh, aber ... jetzt haben wir ein Problem ...

Denn ...

トロ...
SABBER

... ich will dich ... noch mal kosten ...

Darf ich?

ÄHM し...

しHÄ?!

ズルル
ZUPF

Nach-schlag ...

Ich möchte auch andere Stellen probieren ... Wäre das okay?

Süß sind ja nicht nur deine Lippen!

Mom... Karin?

ス...ッ
SST

TO...ッ
WANK

Was machst d...

A-andere Stellen?!

WAS
M...

AH! ♥

ちゅっ
MMH

ん...ッ
MH

Zum Beispiel deinen Nacken ...

MMM
MMH!

AH!...

HAAH!...

FINGER
FINGER
FINGER

AH, SIE SIND HART GEWOR-DEN! ♥

Sto...

Hah ... so weich ... so zart ...

Die hier sind garantiert auch extrem lecker!

TAST
TAST
TAST

D-da ... darfst du nicht probieren!

WAAAH

!!

... das macht man nur als Pärchen ...

So was geht nicht ... Ich meine ...

Man denkt nur an sich selbst ...

Warum nicht ...?

Hä? Warum denn nicht?!

HÄÄÄ?!

BADUMP
BADUMP

* Schlachtfeld

... und außerdem bin ich sowieso in dich verliebt, Mei! ♡

HÄ? ♡

Für mich ist das okay. Ich bin gerade Single ...

Ein Paar ...?!

Moment ... heißt das ...

ALSO, HMMM? ♥

Ich hab dich lieb! Ich bin total verknallt! Ich liebe dich! ♡♡

Damit hätte ich ja mein Ziel an der Uni erreicht!

... ich hätte eine Freundin?!

Ist das wirklich so einfach?

Sag mir, was du davon hältst!

Was meinst du ...

... Mei?

Aber irgendwie ...

... bist du in jemand anderen verliebt?

Oder ...

Ich ... in jemanden verliebt ...?

Äh ...

...

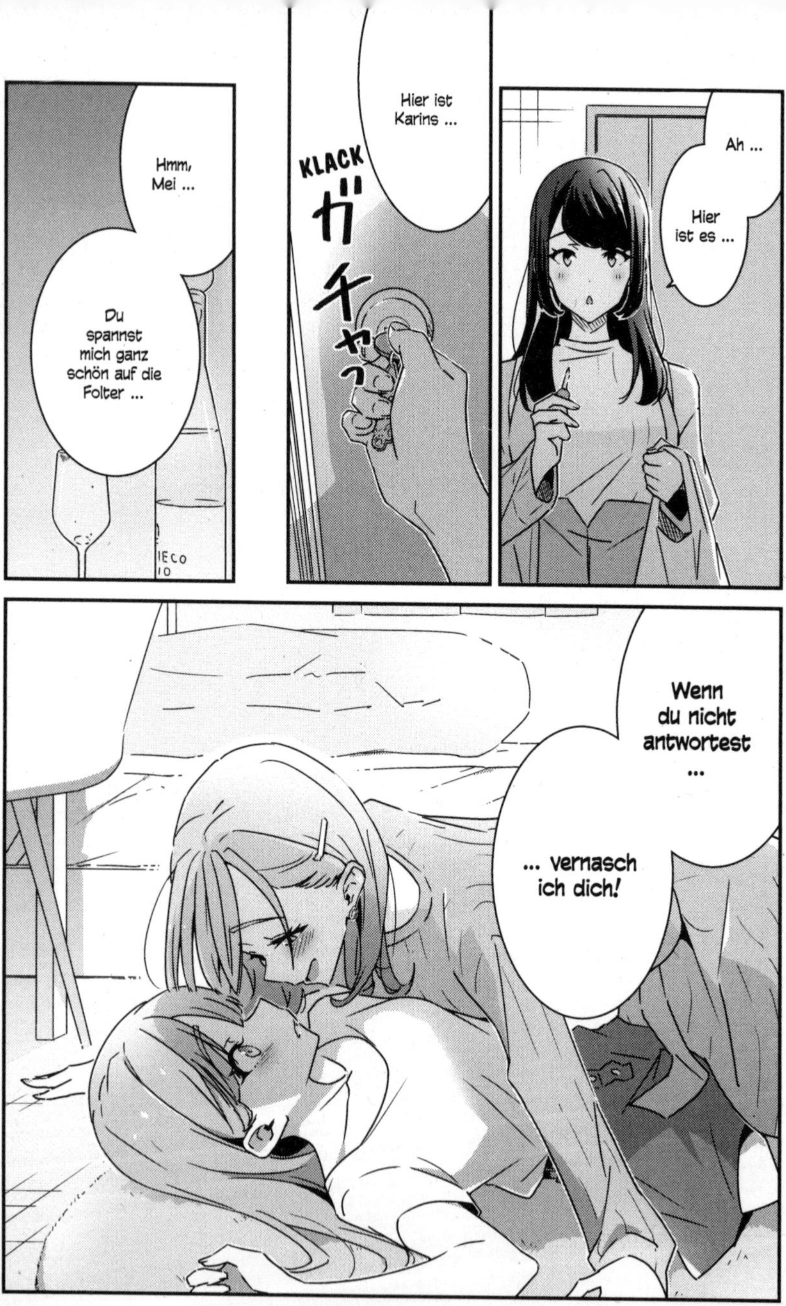

Hmm, Mei ...

Du spannst mich ganz schön auf die Folter ...

KLACK ガチャっ

Hier ist Karins ...

Ah ...

Hier ist es ...

Wenn du nicht antwortest ...

... vernasch ich dich!

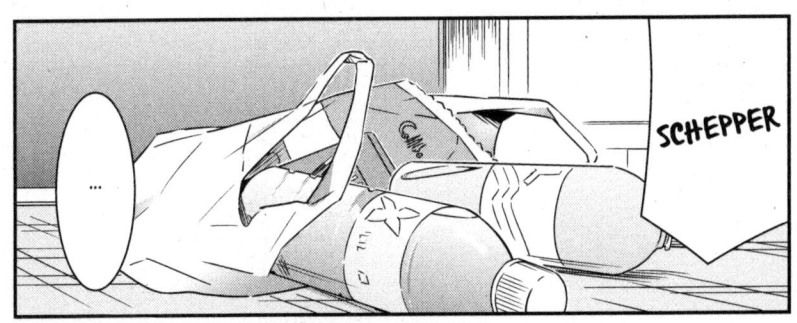

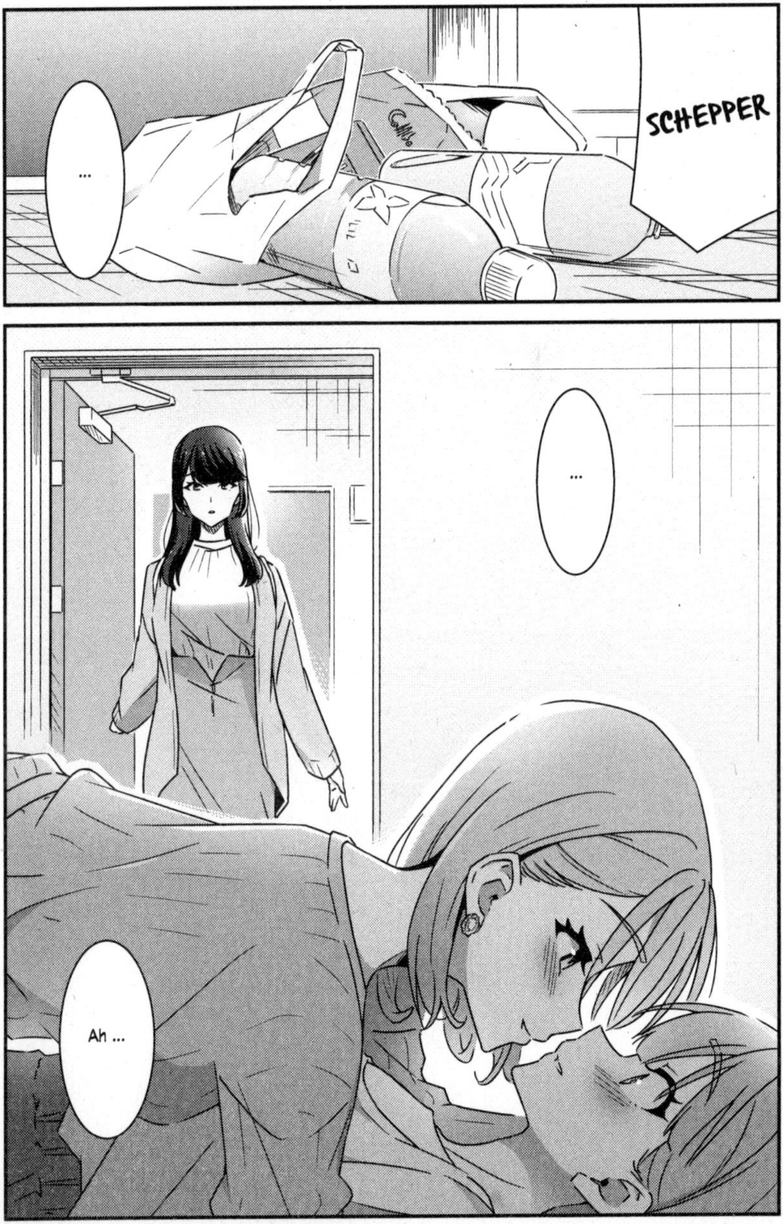

...

SCHEPPER

...

Ah ...

159

Hä?!

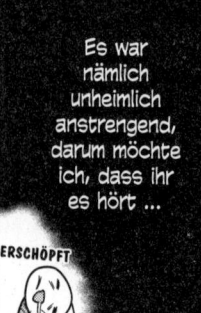

Es war nämlich unheimlich anstrengend, darum möchte ich, dass ihr es hört ...

ERSCHÖPFT

Und weil dies der erste Band ist, wollte ich euch mal erzählen, wie es dazu kam, dass ich diese Geschichte geschrieben habe!

Ich bin Tamamushi Oku!

Yay! Band 1 ist raus! Vielen Dank, dass ihr bis hierhin gelesen habt!

Kindheits-freundinnen ... Klassenkame-radinnen ...

Also überlegte ich mir etwas, indem ich mich von Hetero-Harem-Mangas inspirieren ließ ...

P C

...

Ah! Sie meinen Yuri-Harem!

Zum Beispiel über ein Mädchen, das die Blüte seiner Attraktivität erlebt ...

Also, was für eine Story soll ich zeichnen?

Meine Vor-schläge wurden allesamt abge-lehnt ...

Äh, nein, das meinte ich n...

Ich überlege mir eine Yuri-Harem-Story!

So etwas kommt nicht infrage.

Wie wäre es also mit einem speziellen Setting? Sie könnte eine Power besitzen, die sie übermenschlich attraktiv macht ...

Ausge-schlossen!

... Mäd-chen, die von allen bewun-dert werden ...

Aus-sichtslos !!

HI, WIE GEHT'S?

Coole Mädchen oder ...

Das wäre doch möglich! (ist es nicht)

Mag ihren Duft

Okay, ich habe das Problem dann dadurch gelöst, dass sich Mädchen jeweils in unterschiedliche Eigenschaften verliebt, die die Hauptperson besitzt.

Mag ihre Stimme

... normale Mädchen sind ja nicht auf einmal so attraktiv, dass sich Mädchen reihenweise in sie verlieben...!!

(in meinem Universum)

Eigentlich würde ich am liebsten ein gewöhnliches Mädchen als Protagonistin nehmen, aber ...

Zu diesem Zeitpunkt habe ich in einem gewissen Yuri-TRPG ein Mädchen entdeckt, das sehr subtil flirtet.

„Du hast eine andere Haarfarbe, nicht wahr?!" „Ja." „Steht dir gut!" „Oh, danke!"

„Das ist es!", dachte ich. (Das war im Zusammenhang mit diesem Manga mein einziger Geistesblitz.)

Ihr habt es gelesen ...

(Ihr müsst das hier nicht lesen!) Da sie für andere attraktiv ist, hat sie den passiven Part. Dadurch werden die Aktionen derer, die sie verführen wollen, immer extremer, sodass die Heldin schließlich die reinste Reaktionskomikerin wird. Aber wenn sie umgekehrt auf Mädchen steht und selbst ein Typ ist, der immer flirtet, würde sie mit allen Kandidatinnen im Nu zusammenkommen, sodass ein Riesenchaos ...

ICH LIEBE MÄDCHEN! ICH WILL MEHR MÄDCHEN!

ICH BIN REICH! ICH LIEBE DICH AM MEISTEN IM GANZEN UNIVERSUM! ICH GEBE DIR ZEHN MILLIARDEN! LASS UNS HEIRATEN! DU MUSST NICHTS TUN AUSSER SCHLAFEN!

KREISCH

Doch die Protagonistin war am schwierigsten!

→ Danke, dass ihr zugehört habt!

Gut, das Ganze dann als Manga umzusetzen, ist unheimlich anstrengend, aber das erzähle ich ein anderes Mal ...

So kam es also zu dieser simplen Struktur.

Mit anderen Worten: Wenn die Heldin den anderen Mädchen immer auf subtile Art näherkommt, würde diese Konstellation entstehen! Das wird lustig!

Also, von ganzem Herzen vielen Dank! Und wenn es euch gefallen hat, sehen wir uns im nächsten Band!

20 cm   10 cm

In diesem Sinne: Ich weiß selbst noch nicht, wie sich die Charaktere verhalten werden, aber solange ich noch die Kraft dazu habe, möchte ich dieses Experiment, äh, diese Geschichte gerne zeichnen. Wenn ihr Lust habt, feuert mich an und schreibt mir eure Gedanken! Ich würde mich freuen! Aber ... ihr seid schon Engel, weil ihr das hier gelesen habt!

* „Bis mich jemand stoppt"

special thanks!
Redakteur Y, Designer N, alle, die mit der Produktion zu tun hatten,
D für die Hilfe bei allem, meine Motivationsquelle S, T, und alle Leser:innen!

SUTOPPU!

Koko wa kono manga no owari dayo.
Hantaigawa kara yomihajimete ne!
Dewa omatase shimashita!
Tanoshii hitotoki wo dozo!

Egmont-Manga-Chiimu

STOPP!

Das ist der Schluss des Mangas.
Fangt bitte am anderen Ende an!
Und nun genug der Vorrede,
viel Spaß beim Lesen!

Euer Egmont-Manga-Team

www.egmont-manga.de
Unsere Bücher findest du im
Buch- und Fachhandel und auf

EGMONT
Shop

www.egmont-shop.de

„Which One Is Love? 01" von Oku Tamamushi
Aus dem Japanischen von Antje Bockel
Originaltitel: „Dore ga Koi ka ga wakaranai" Vol. 1

Originalausgabe:
DORE GA KOI KA GA WAKARANAI Vol. 1
© Oku Tamamushi 2022
First published in Japan in 2022 by
KADOKAWA CORPORATION, Tokyo.
German translation rights arranged with
KADOKAWA CORPORATION, Tokyo through
TOHAN CORPORATION, Tokyo.

Deutschsprachige Ausgabe:
© 2024 Egmont Manga verlegt durch
Egmont Verlagsgesellschaften mbH,
Ritterstraße 26, 10969 Berlin

1. Auflage 2024
Verantwortlicher Redakteur: Marco Walz
Lektorat: Madlen Beret & Stine Svenja Fahrich
Gestaltung: Anke Koopmann
Koordination: Angelika Schönhuber
Printed in the EU
ISBN 978-3-7555-0459-7

story
house
EGMONT